阪神・淡路大震災　歌集

生きた繋《つな》いだ、阪神・淡路大震災

山岡 節朗

東京図書出版

我が家の阪神・淡路大震災の前後の有り様

1994年6月
西宮市の都市開発事業に伴う市役所周辺（六湛寺町）の立ち退きにより、西宮市大社町に2階建て中古住宅をリフォーム工事の上、転居しました。
1995年1月
早朝、阪神・淡路大震災にて家屋全壊。介護中の父を背負い、姉は、壁土落ちる階段を滑り降り、長男は受験勉強中、机下に潜り込み、妻、次男と6人全員、玄関から、外に出ることができました。
父を布団でくるみ道路に座り込んでいましたので、すぐ目の前に新しくできた市営住宅の方が、集会室に誘導してくださいました。本当に助かりました。
妻の実家や有馬の友人、奈良の親戚の方々に食料・重たい水など運んでもらい、本当に助けてもらいました。車中泊もしながら53日間、避難生活をさせていただきました。その間、父の容態が悪くなり、緊急入院となりました。

1995年3月
妻の友人が、訪ねてくれました。ご主人の会社の近くに引っ越すので自宅を仮住まいにどうですか？　とのこと。早速、貸していただくことにしました。西宮市東町のマンションでした。父の容態が悪化して、3月20日に亡くなりました。95歳でした。自宅を解体、更地になり、建て替えの準備となりました。

翌年、工事着工。
1996年　夏
家の建て替え完了。
再び、大社町に転居しました。
1997年
今度は、西宮市の災害対策復興事業により、道路拡張の為、住宅の後部が充当するとのこと。
西宮市一ヶ谷町に転居となりました。
2002年
西宮市石在町に新しく建てられた公共住宅に転居。現在に至る。

太平の夢を覚ませし大地震
悪夢悪夢といまださめざり

たてにゆれよこにゆれての大地震
這って呼ばわりころげて答えり

全壊や半壊のある界隈《かいわい》に
すまぬ顔して家の建つあり

半壊となりたる家の前に立ち
ためいきしつつ思ひはつきず

水もなし明りもつかずガスもなし
声も無き地に星のみぞふる
食《しょく》すれば糞《ふん》することのかなしさを
人は知るらん人は知るべし

流《なが》す水無《な》き日々《ひび》の身のなさけなく
なすすべもなし泪《なみだ》ながるる

倒《たお》れ組《くみ》残り組とぞつと思う
被災《ひさい》のあとは弱音《よわね》ばかりが

かたむきつなほふんばりぬ我が家《いえ》の
あはれな姿《すがた》このほかになし

☆自宅の13㎝のゆがみ

ことばではいひつくせぬといふもよし
「あの大地震《だいじしん》」でことたれるなり

なるほどにほんのひとゆれあっただけ
　自然のもとのわれはアシなり
（中の……）

どれがいるこれがいるかとボランティア　☆おにぎり配り、パン配り
　いるいるとうなづくのみのひとひとひとよ

いれかわり立ちかわりくるボランティア
　わたして去《さ》ってもらって去って

朝ぼらけゆれる大地に腰《こし》おとし
　夢《ゆめ》かうつつのまわり灯《とう》ろう

あれやこれ持ち出したしとは思へども
ゆれる心に気のさだまらず

☆ゆがんだ自宅から

かたむきて泣き出しそうな家いえの
よくぞ耐《た》えたといふてやりたし

判断《はんだん》はのちの世《よ》にぞゆづるとて
いまいっしんに生《い》きるものたち

これだけで我《われ》は済《す》みしといふまいぞ
軽《かる》き重《おも》きのあまりの多《おお》さよ

またのびてまたのびてゆく電車みち
復旧《ふっきゅう》の音《おと》すこしこころに
ちらばったこの大ゴミをいかにせん
空には青きふろしきのあり

あたりまえあたりまえとて済《す》ませたる
今の世《よ》が知るばちあたりまえ

じっくりと構《かま》えて出来ぬかなしさよ
ゆれを覚《おぼ》えしわが糞尿譚《ふんにょうたん》
○○○○○

この島にふたつのくにの生れたる
物見遊山《ゆさん》の人をみとめて

取《と》り壊《こわ》す人のうごきのこまごまし
まばたきの間にあらわる跡《あと》とは

腹立《はらだ》たし思いつつにやよわよわし
被災《ひさい》のあとのがれきに立ちてん

だれかれといわず寄《よ》りそいだきしめん
このかなしきにこのむなしきに

買いだしにしずしずと立つ行列《ぎょうれつ》は
物《もの》を求《もと》めてこころをもとめて

おほげさにいってみたいと思へども
ただこわかりきといふほかになし

ほっかりと取《と》りこわしたる跡地《あと》には
かべのかおりが家のほこりが

この地では中腰《ちゅうごし》でする糞尿譚《ふんにょうたん》
あのおそろしさ尻が知りたる

あまりにも厳《きび》しき仕打《しう》ちとなみだしつ
なほも母なる大地と頼《たの》まん

倒壊した家の整理をしつつ
ひろうたびありし日かずのもどりたる

かの日かのときかのひとのこと
時人

家ごとにゆき先かいた紙のあり
無事といふことしらしてもおり

知

ここにおります

あいさつに一言《ひとこと》の無駄もなき日々の
しんしな気分にストレスのあり

たずねる者も
たずねられる者も

水くみがボランティアへの第一歩
ひとくみごとに気持みたして
倒壊《とうかい》のあとしまつする鉄の腕《うで》
たのもしけれどどうかおそろし

数字《すうじ》ではどうも納得《なっとく》しようなし
震度《しんど》いじょうの身のふるえなり

瓦礫《がれき》とか廃材《はいざい》などところなし
ひとつとて無駄《むだ》なき日々山

それぞれにあの時のこと話しおり
人それぞれにきずのあるかな

立ちのぼる土煙《つちけむり》みるわが町に
夕げの煙《けむり》の見るを乞いまつ

突然《とつぜん》に広《ひろ》びろとした空地ふえ
帰るめじるしとんとわからず
ひとこわしふたこわしして消える家
たてた苦労《くろう》を思ふひまなし

この世をば仮の住いとおぼえども
なほ仮住居《かりじゅうきょ》たのむかなしさ

地震からローンに移るこのこころ
日時《にちじ》うつりてこわさもかわりぬ

みだしなみ気にする妻をいさめつつ
ゆとりのみえるこころうれしや

ひとつふえふたつふえゆく店の数
あきない根性《こんじょう》なんの倒《たお》れず

あの日から生きる目じるしさだまりぬ
いまのいままで無しとはいわねど

地震の起こる前までは
ということ

いち陣《じん》の土《つち》ぼこりをやいかにみる
何をうったえ何をかたるや

照《て》らせどもさびしさつのるばかりなり
　夜道をとおるかの町の中

花なればうるわしきとは思わざり
　跡地《あとち》にならぶすがた見てみし

花であればなんでもかでも
美しいとはかぎらないのだ。
こんな跡地にかざられてい
るとかなしさばかりが見て
とれて

まあいいか受験失敗《しっぱい》なにほどぞ
受難《じゅなん》のあの朝いのち合格
(息子の受験勉強の姿みて)

さて見るとやはり合格なりがたし
震度七《なな》では自信倒壊《じしんとうかい》

天災《てんさい》と天才相手《てんさいあいて》に奮戦《ふんせん》す
受験の来る節凡戦《ぼんせん》やむなし
避難所《ひなんじょ》の遠慮《えんりょ》ですごすこの身には
春の気配もそっとしており

迂回《うかい》してとおる車のうらやまし
　ゆきつく場所のあると思へば

こころして便所のとびらあけるべし
　糞《ふん》するよろこびおしえられしが

いつの日かありし日にはもどりなむ
　いのちながらえきみこそ居《お》れば
この地震瓦《かわら》の家を狙いうつ
　日本の文化の思案どきかな

留め金をつけて家具をひきつけよ
夫婦のこころいふにおよばず

この地震こわすばかりと思ひしが
おれとおまえの仲直すとは

基礎《きそ》だけを残して済みし取りこわし
基礎からはじまる浪人《ろうにん》のみる

こんなにもこわしぱなしでいいのかと
思わぬこともなしといふかほ

取壊業者の顔を
みていると

遠くからながめるような視線《しせん》あり
春のひざしに気持ゆるみて

人はみな震度《しんど》といふ字にこだわりぬ
いちもにもなしボランティアせよ

はかなきや人のいのちといふものは
ゆれてつぶれてほこりと消えて
ああといふまもなく散りしひとびとの
こころおもへばじだんだをふむ

この地震いかなるうらみのありとてと
じだんだふんでは天あおぎみる

全快で身はさっぱりと傷もなし
家も全壊《ぜんかい》あとかたもなし

そろそろと留め金をして雛かざる
弥生《やよい》の月に入りたりける

無事ですと書かれた紙をのぞきこみ
しらずうなづきうなづきつ行く

水も出るガスも通じた被災地《ひさいち》に
こころ通じる行政《ぎょうせい》をこそまつ

文化といふ住宅あわれ全滅《ぜんめつ》す
よもやニホンの文化まではと

水道やガス工事やらいりまじり
地震のあとを縫《ぬ》いあわせみり

幸福をひっくりかえしたこの地震
復興《ふっこう》といふ文字ひにくなりけり

ひびわれの日々のいとなみ耐えたるは
そは天災と思へばのこそ
なんじゃいなさっぱりわややあかへんわ
どないなるんかわけわからへん

えげつない倒《たお》れかたして殺生《せっしょう》な
ローンもまだやしっかり見とこ

こらきついこの不景気《ふけいき》にこの地震
政治のセンセよろしゅうたのむ

自分の家だったも
のを心にきざんで
おこうと思い……

よかったな命あったらじゅうぶんや
どないかなるやろなんとかするわ
ひどすぎるよわいもんばっかねらわれて
そやけどこれはしゃないわな

はよしいなあとつかえてるさむいのに
わてらの身にもなってみてみ

市役所での行列に……

このとおり生きとりましたすんまへん
ぼちぼちながらがんばりまっさ

食べるモンよおけもらうのええんやが
わてらたべてもウンチでけへん

おいおまえこの家見てみさらやがな
ローンもさらにちがいないのに

屋根《やね》つきで空いてる家はおまへんか
といふあいさつのどに出かかり
ボランティアいわれるのんはテレくさい
まアええやんかおたがいさま

こまりなア円高《えんだか》ぐらいなんやねん
銭《ぜに》で吐息《といき》がこっちは兆《チョウ》やで
上方は円高よりも活断層《かつだんそう》
高いのこわないズレが心配

わてらから円高みればたかだかが
人のつくったひびわれやがな
屁を出せば糞《フン》がかお出すおそろしさ
わてらのちかくにトイレないんや

花さけば枯れる道理《どうり》の世の中に
そのままにある被災の家屋《かおく》
ふくふくと咲きてほこれる八重桜《やえざくら》
復興すべきわれに策《さく》なし

春みえて花のかほりとひとのいふ
われにはいまだあのつちかべの
避難所《ひなんじょ》の地面《じめん》に小鳥《ことり》のあるきおり
こころひらけり大丈夫なり

地震後はじめて小動物
を見たのはかなり日の
経ってからであった

だんだんとうすれてゆくか春がすみ
かのできごとは寒き日のこと

この地震欠けたる大地てらしだす
夜空《よぞら》に欠けた月の寒さよ

あちこちに天をにらんで跡地《あとち》あり
春よぶ雨をなみだとためて
復興《ふっこう》の土けむりけす春の雨
やがてはなにも残すものなく

しづかさや岩にしみいる活断層《かつだんそう》
じっとそのままじっとそのまま

そのたびにだきつく相手は亭主です
どうかカミさま余震《よしん》はごめん

見渡せば視界ひろがる被災地の
跡地《あとち》に立ちてしあすの日見えず

廃材《はいざい》を天つくほどにつみあげて
二十世紀し土台《どだい》とぞせむ

ひびわれた正月すぎたるモチをとり

ひび割れの目立つ飾りモチ

活断層はかくやありしと

震災に必需品《ひつじゅひん》などらちもなし

おれの勇気と君のふんばり

遠くへと人の流れる連休《れんきゅう》は
仮設《かせつ》のひとには皮肉《ひにく》にみえし
雲ひとつなき五月晴《さつきはれ》めでるとも
人なき跡地をいかに思ふや

地震予知これさえ知ればとこざかしい
知ったところでげにらち《ラチ》もなし

復旧《ふっきゅう》といへどむなしきわがこころ
もどり切るとはいえぬくやしさ

たづね来《こ》し友のことばのとまどうは
無事なこの身となき家の跡
日をかさねいまだ残れる倒壊《とうかい》の
家にもこころありと思へば

無事な身をよろこぶか
なくなった家をなぐさ
めるか……

かたちあるものはいづれはもどりても
かの人びとの声はいづこへ

めんめんとのべるこわさも日をかさね
いまとなりてはぐちの山づみ

たえがたきくやしさのみぞふくらみて
せめてとねがう実のそだたぬは

くやしさを遠くにのこし仮《かり》の宿《やど》
復旧ちかしのたより待ちまち

ようようにここまで済《す》みし返済《へんさい》の
山となりたる廃材《はいざい》をみる

こんなにもあちこちふえた空地《あきち》には
ボールあそびの子みることのなき

わが子みてどのみち歩むや知らねども
活断層のすじをこそふまね
ながめつついくたび目尻《めじり》おさえしは
あに廃材のほこりにはあらず

あちこちの地割れのみちにとうとうと
しみいる雨のあるばかりなり

ふりしきる雨にうたれる跡地には
みずのみみちて人影《ひとかげ》のなし

下で揺れ上から濠雨《ごうう》のこの自然
われら草木《くさき》はただまかすのみ

めづらしや五月《さつき》の空にこのながめ
水におよぐかこいのぼり見ゆ

この上に雨もりまではごめんなり
仮設のクジにもれたる身には
つねならぬ仮のすまいにつづき雨
身のおきどころさがす間もなし

どしゃぶりにやけくそにふる五月雨
つゆをひかえて溜《た》めるためいき

日をちぢめ復旧工事はすすみたり
予算《よさん》ちぢめたわが家いまだし

おぼえなし薄日射《うすびさ》したる五月空
なにやらさびしさまざまなこと

かたむきしわが海の宮《みや》これからは
声だせ合わせよなんのこれしき

のりつぎのバスの不便に声もなし
家人をおもい友をあんじて

バラックと戦後はいふたし老婆《ろうば》いふ
仮設けやとんとこころ立たぬと

戸をあけて朝の日射しの欲しけれど
仮設のすまひのこころかたくて
非常時《ひじょうじ》の持出《もちだ》し袋たしかめよ
健康希望ははいっているか

あのゆれで目からウロコのはげおちぬ
かたむく世間で立つすべ学ぶ

世の中はとんちゃくもなくすぎしなり
野球もあればすもうもあれば

二度とないこんな地震のくることは
復活めざしてテント張るなり
自信なり自信なりとてすごしたる
わが人生の目のウロコおち

日もたちて心の空日おさまりぬ
さてこそなんぎ職《しょく》の空日

非常時《ひじょうじ》の袋をかべにかけたるを
ながめてよしと思ふだけとは

いまもなほ花を供《そな》えたる跡地《あとち》には
あの日のゆれをおもい咲かせし

市場まで時間かけてのつらき日を
お遍路《へんど》さんのこころしてゆく

わしが先わたしが先と老夫婦
あいそつかして家が先立つ

生あらばこひねがいたしあのときの
自然の前のひとぞうるわし

せわしげに右に左にうごく人
　復活なった市場《いちば》せまくも
復旧の電車のまどにうつりしは
　くやしさ語れぬ家いえのあと

せっかくに逃れたいのちみがかねば
彼岸《ひがん》のものにすまんとぞ思ふ

つくづくと亀の甲羅《こうら》のたのもしや
自分の家を自分でよいしょ

人ならず地面までもさだまらず
サリンのあとはサハリンが揺れ

いろいろに装《よそお》いこらす売り家も
目をあつめしは縁の下かな

基礎工事の大切さを
思い知らされた

つくづくと学びしことの尊さは
土台と柱人のささえよ
どのていど掘ってかためてよいのやら
むかしにもどりて穴ぐらにやせむ

潰《つぶ》すのも仏のなさけとさとりつつ
融資《ゆうし》もとめて坊さん歩く

この世をば人もみとめる浮世なら
ゆれるものとはおぼえたれども

たてにゆれよこにゆれたる震度七《しんどなな》
　土のわれめに死地をのぞけり

防災の意識たかめるこのときに
　サリンのもやのたちこめるとは

タスキかけいのちをかけてみわたせど
広がる跡地《あとち》のどこにたのむや

ひとり身のさみしさゆれてかたむきぬ
地震のあとの所帯ふえたり

なんとなくゆらぐこころをいかにせむ
支え合いたる世であらばこそ
地震予知《よち》優柔不断《ゆうじゅうふだん》の言の葉に
これみよがしの震度七なり

巣づくりに飛び交うツバメの歯切れよし
利のある場所にほどよき広さ

いえ作りはげむツバメのうらやまし
つまあればこそ子のあればこそ

家庭には亭主《ていしゅ》と嫁《よめ》がおればこそ
タンスをささえメシをたくにも

防災の意識たかめる痴話ゲンカ
にげるスタイルこだわる新妻

やれふむなやれつつくなと自然保護
活断層も目をさまさせじ
柵《さく》もなき跡地《あと》にふりし長雨を
ただ策もなくながめみるのみ

果てもなくつもり高なるこの地価を
ふるいおとせしこの地震なり

あの日以後ゆれるものには目まいせり
女房の胸元まげてかんべん

木を植えて根をはわせばやとや思ひたる
やがては断層《だんそう》ぬい合わさばと

たてにひきよこにひいたり設計図
よこせんかさねて予算かえつつ

これからはかるく家とはいふまいぞ
屋根《やね》と柱《はしら》とタタミとぞ大切！

またひとつ復帰する店消える店
地震の収支《しゅうし》いづれの日にや

年ふれば背負うさびしさひとしおに

ましてや遠く仮の住居《じゅうきょ》で

坊さんも震災うけし身にあれば

庫裏《くり》を残してやりくり読経

遠くはなれた仮設住居で

同じときふるえる西ひがし
二度とやごめんと基礎や起訴《きそ》

サリン事件の
起訴のニュースに

いつまでも雨音のみがつづきおり
ひとり昼間の話し相手に

仮設住居の独り身暮らしの
人を思いて

たなばたに何をねがいて選挙カー
逢う瀬もせつなし手のみふりふり

どうせならねがいは笹にたくすなり
公約《こうやく》よりも夢やありなむ

提灯《ちょうちん》をかざしてまねく初盆の
いかにもとおくなりたる人の

風鈴《ふうりん》の音でごまかすこの暑さ
仮設の軒《のき》に夏が居すわり

おお雨のおわったあとにこの日照《ひでり》
天のいじめは人にまねたか

公園の地面《じめん》をわけてテントあり
そばにころがる蟬のぬけがら

半世紀ときをまたいで見るごとく
蟬ふるまちの震災のまち

いかほどに夏の暑さはたまりても
にじみ出るのはなみだのみなり

50年前の終戦の焼跡も
かくやとばかり

ゆれうごく家具《かぐ》には留《と》め金《がね》あればよし
妻にはオレがといえぬくやしさ

名月といふには場所をはばかりぬ
廃材《はいざい》つもりし山の端《は》に見ゆ

やがてまた月みるころになりたれど
　知りたるひとは雲間にも見えず
欠けたるもやがてはもどる月の顔
　わがこころするひとはもどらず

知る人の知るを思へばこの身にも
雲をすかして月を知るなり

今はなき人も
思い出を通して会える

人こひしことばも寄るかとあけた窓
仮設の軒にただ蟬《せみ》の声

仮設住居には依然として人
の声なし
セミの声もさびしさつのり

町つくり人つくりやといひし声
仮設《かせつ》の住居《じゅうきょ》ただしづかなり

見通しのよろしき跡地《あとち》の多かれど
みとおし暗き復興思ふ

たすかるも命おとすも紙ひとえ
あのゆれかたであの場所にいて

復興のホコリも立たぬわが家の
跡地はなみだでぬれにしあれば

震災の痛手《いたで》をうけて身はくらし
くらべて跡地ひらけて明るし
しらぬまにたまっているとは迷惑《めいわく》な
カネにはあらず地震のパワー

衣

秋風にこころもひきよせすごすとも
こころをよせる人の声なく
やさしさに声がつまりて口惜しや
千にひとつのお礼もならず

老人一人ベンチに座って
いる光景はいたましい

めづらしや秋にはにあわぬあたたかき
陽をあびつつもかたき顔なり
堅い顔つき

公園で日なたぼっこをして
いる老人をみてその表情の
かたさが印象的であった

公園のベンチに休む老人《ろうじん》の
うごかぬ肩に秋風しきり

これは又、別の日別の老人のこと

神主のおはらいに頭たれ地面みる
よくぞ今この秋晴れの日を

やっと地鎮祭にたどりつく

あれいらい大阪神戸おおちがい
関空《かんくう》よいが観光《かんこう》さっぱり

みのり漫画庵
山岡節朗

E-mail : info@manga-minorian.com
https://manga-minorian.com/

山岡　節朗（やまおか　せつろう）

1942年　和歌山県新宮市生まれ
1946年　４歳の時に新宮市にて昭和南海地震に遭う
その後、奈良県上北山村河合に住む
1952年　小学校３年生から西宮市にて中学・高校卒業
1965年　関西大学経済学部卒業
西宮信用金庫・入庫
1979年　西宮信用金庫・退職
漫画制作・イラストレーターとなる
1995年　西宮市大社町にて阪神・淡路大震災にて自宅全壊となる
避難生活〜仮住まいを経る
2001年　『ふうふうふうふ』漫画本こだわりの自費出版
2002年　西宮市石在町に転居
2006年　『ふあんなファンのトラ日記』漫画本こだわりの自費出版
2024年　現在に至る

阪神・淡路大震災　歌集

生きた繋いだ、阪神・淡路大震災

2024年6月6日　初版第1刷発行

著　　者　山 岡 節 朗

発 行 者　中 田 典 昭

発 行 所　東京図書出版

発行発売　株式会社 リフレ出版

〒112-0001　東京都文京区白山 5-4-1-2F

電話 (03)6772-7906　FAX 0120-41-8080

印　　刷　株式会社 ブレイン

ISBN978-4-86641-761-5 C0092

Printed in Japan 2024

落丁・乱丁はお取替えいたします。

ご意見、ご感想をお寄せ下さい。